Collection MONSIEUR

<table>
<tr><td>1</td><td>MONSIEUR CHATOUILLE</td><td>26</td><td>MONSIEUR MALIN</td></tr>
<tr><td>2</td><td>MONSIEUR RAPIDE</td><td>27</td><td>MONSIEUR MALPOLI</td></tr>
<tr><td>3</td><td>MONSIEUR FARCEUR</td><td>28</td><td>MONSIEUR ENDORMI</td></tr>
<tr><td>4</td><td>MONSIEUR GLOUTON</td><td>29</td><td>MONSIEUR GRINCHEUX</td></tr>
<tr><td>5</td><td>MONSIEUR RIGOLO</td><td>30</td><td>MONSIEUR PEUREUX</td></tr>
<tr><td>6</td><td>MONSIEUR COSTAUD</td><td>31</td><td>MONSIEUR ÉTONNANT</td></tr>
<tr><td>7</td><td>MONSIEUR GROGNON</td><td>32</td><td>MONSIEUR FARFELU</td></tr>
<tr><td>8</td><td>MONSIEUR CURIEUX</td><td>33</td><td>MONSIEUR MALCHANCE</td></tr>
<tr><td>9</td><td>MONSIEUR NIGAUD</td><td>34</td><td>MONSIEUR LENT</td></tr>
<tr><td>10</td><td>MONSIEUR RÊVE</td><td>35</td><td>MONSIEUR NEIGE</td></tr>
<tr><td>11</td><td>MONSIEUR BAGARREUR</td><td>36</td><td>MONSIEUR BIZARRE</td></tr>
<tr><td>12</td><td>MONSIEUR INQUIET</td><td>37</td><td>MONSIEUR MALADROIT</td></tr>
<tr><td>13</td><td>MONSIEUR NON</td><td>38</td><td>MONSIEUR JOYEUX</td></tr>
<tr><td>14</td><td>MONSIEUR HEUREUX</td><td>39</td><td>MONSIEUR ÉTOURDI</td></tr>
<tr><td>15</td><td>MONSIEUR INCROYABLE</td><td>40</td><td>MONSIEUR PETIT</td></tr>
<tr><td>16</td><td>MONSIEUR À L'ENVERS</td><td>41</td><td>MONSIEUR BING</td></tr>
<tr><td>17</td><td>MONSIEUR PARFAIT</td><td>42</td><td>MONSIEUR BAVARD</td></tr>
<tr><td>18</td><td>MONSIEUR MÉLI-MÉLO</td><td>43</td><td>MONSIEUR GRAND</td></tr>
<tr><td>19</td><td>MONSIEUR BRUIT</td><td>44</td><td>MONSIEUR COURAGEUX</td></tr>
<tr><td>20</td><td>MONSIEUR SILENCE</td><td>45</td><td>MONSIEUR ATCHOUM</td></tr>
<tr><td>21</td><td>MONSIEUR AVARE</td><td>46</td><td>MONSIEUR GENTIL</td></tr>
<tr><td>22</td><td>MONSIEUR SALE</td><td>47</td><td>MONSIEUR MAL ÉLEVÉ</td></tr>
<tr><td>23</td><td>MONSIEUR PRESSÉ</td><td>48</td><td>MONSIEUR GÉNIAL</td></tr>
<tr><td>24</td><td>MONSIEUR TATILLON</td><td>49</td><td>MONSIEUR PERSONNE</td></tr>
<tr><td>25</td><td>MONSIEUR MAIGRE</td><td></td><td></td></tr>
</table>

MONSIEUR MADAME
MONSIEUR MADAME

Monsieur
CHATOUILLE

Roger Hargreaves

hachette
JEUNESSE

Ce matin-là, le soleil brillait.

Dans sa petite maison à l'orée du bois,
monsieur Chatouille dormait encore.

Monsieur Chatouille était petit et dodu,
et il avait des bras qui s'allongeaient,
qui s'étiraient, qui s'étendaient…

Monsieur Chatouille avait des bras
incroyablement longs !

Monsieur Chatouille dormait à poings fermés.
Et il rêvait.

À quelque chose de très drôle sans doute,
car il riait très fort.

Si fort qu'il se réveilla.

Il s'assit sur son lit, étira ses bras
incroyablement longs
et bâilla à s'en décrocher la mâchoire.

Monsieur Chatouille avait faim.

Alors… Que fit-il ?

Il tendit un bras.

Et ce bras ouvrit la porte de la chambre,
s'étira jusqu'au bas de l'escalier,
ouvrit la porte de la cuisine,
puis celle du placard,
souleva le couvercle de la boîte à gâteaux,
prit un gâteau, le rapporta dans la chambre
et enfin dans le lit de monsieur Chatouille.

Des bras aussi longs, c'est bien pratique !

Monsieur Chatouille grignota son gâteau,
puis regarda par la fenêtre.

– Beau temps pour les chatouilles ! se dit-il.

Après avoir fait son lit
et pris un bon petit-déjeuner,
monsieur Chatouille alla se promener.

Il ouvrait grand les yeux car il cherchait quelqu'un.

Quelqu'un à chatouiller !

Monsieur Chatouille arriva près d'une école.

Personne en vue !

Monsieur Chatouille tendit des bras
incroyablement longs
vers le rebord d'une fenêtre et se hissa
pour jeter un coup d'œil à l'intérieur.

Il découvrit une salle de classe.

Dans cette salle de classe,
il y avait des élèves assis à leur place
et un maître qui écrivait au tableau.

Monsieur Chatouille passa une main
sous la fenêtre.

Son bras incroyablement long se dirigea
vers le maître, s'arrêta une seconde et…
fit des chatouilles.

Le maître sursauta et se retourna
pour voir qui était là.

Personne !

Monsieur Chatouille sourit malicieusement.

Il attendit une minute,
puis recommença à chatouiller le maître.

Cette fois, il le chatouilla longtemps.
Tant et si bien que le maître se tordit de rire.

– Arrêtez ! Arrêtez ! criait-il.

Les élèves éclatèrent de rire
à ce drôle de spectacle.

Ah, quel chahut !

Monsieur Chatouille finit par se dire
que la plaisanterie avait assez duré.

Après une dernière chatouille d'adieu,
il retira son bras et sauta à terre,
laissant le pauvre maître face à ses élèves hilares.

Comment allait-il leur expliquer
ce qui s'était passé ?

Puis monsieur Chatouille se rendit en ville.

Quelle merveilleuse journée ce fut
pour monsieur Chatouille !

À un carrefour, il chatouilla l'agent
qui réglait la circulation.

Il provoqua un embouteillage effroyable !

Il chatouilla l'épicier qui empilait soigneusement
des pommes sur sa devanture.

L'épicier tomba à la renverse
et les pommes roulèrent dans tous les sens !

À la gare, le chef de gare allait donner le signal du départ…

Mais, à l'instant où il leva le bras, monsieur Chatouille le chatouilla.

Pendant dix minutes !

Bien entendu le train partit en retard.

Les voyageurs étaient furieux !

Ce jour-là, monsieur Chatouille n'arrêta pas
de faire des chatouilles.

Il chatouilla le boucher.

Il chatouilla le docteur.

Il chatouilla aussi monsieur Timbre,
le vieux facteur,
qui laissa tomber ses lettres
dans une flaque d'eau !

Finalement monsieur Chatouille rentra chez lui.

Il s'assit dans son fauteuil,
dans sa petite maison à l'orée du bois,
et pensa à tous les gens
qu'il avait chatouillés.
Cela le faisait rire, mais rire…

Si tu es chatouilleux,
méfie-toi de monsieur Chatouille
et de ses bras incroyablement longs.

Imagine…

En ce moment précis,
il n'est peut-être pas loin de toi.

Son bras incroyablement long se faufile peut-être
vers la porte de ta chambre.

Il l'ouvre peut-être.

Il s'y glisse peut-être.

Et avant que tu aies le temps de dire ouf,
il t'aura peut-être bien…

CHATOUILLÉ !

LA COLLECTION MADAME C'EST AUSSI 42 PERSONNAGES

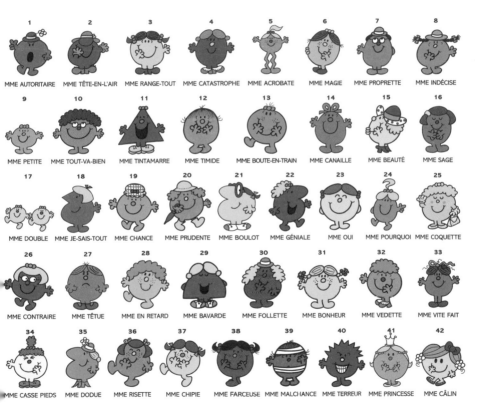

1 MME AUTORITAIRE
2 MME TÊTE-EN-L'AIR
3 MME RANGE-TOUT
4 MME CATASTROPHE
5 MME ACROBATE
6 MME MAGIE
7 MME PROPRETTE
8 MME INDÉCISE
9 MME PETITE
10 MME TOUT-VA-BIEN
11 MME TINTAMARRE
12 MME TIMIDE
13 MME BOUTE-EN-TRAIN
14 MME CANAILLE
15 MME BEAUTÉ
16 MME SAGE
17 MME DOUBLE
18 MME JE-SAIS-TOUT
19 MME CHANCE
20 MME PRUDENTE
21 MME BOULOT
22 MME GÉNIALE
23 MME OUI
24 MME POURQUOI
25 MME COQUETTE
26 MME CONTRAIRE
27 MME TÊTUE
28 MME EN RETARD
29 MME BAVARDE
30 MME FOLLETTE
31 MME BONHEUR
32 MME VEDETTE
33 MME VITE FAIT
34 MME CASSE PIEDS
35 MME DODUE
36 MME RISETTE
37 MME CHIPIE
38 MME FARCEUSE
39 MME MALCHANCE
40 MME TERREUR
41 MME PRINCESSE
42 MME CÂLIN

Traduction : Évelyne Hiest
Révision : Jeanne Bouniort
Édité par Hachette Livre - 43 quai de Grenelle 75905 Paris Cedex 15
Dépôt légal : février 2004
Loi n° 49-456 du 16 juillet 1949, sur les publications destinées à la jeunesse.
Imprimé par IME (Baume-les-Dames), en France